Petit Lapin Blanc

fait du vélo

D'autres aventures de Petit Lapin Blanc (liste complète à la fin de l'ouvrage).

Petit Lapin Blanc
fait du vélo

Gautier·Languereau

C'est l'automne. Dans le jardin,
Papy ramasse les feuilles mortes.
« C'est chouette ! dit Petit Lapin Blanc.
J'ai trouvé une cachette ! »

Maintenant, Petit Lapin Blanc
en a assez de jouer.
« Je m'ennuie... dit-il.
— Attends un instant, répond Papy.
J'ai une idée ! »

Papy est allé chercher quelque chose.
« Oh ! Un vélo. Comme il est beau !
dit Petit Lapin Blanc.
Mais il n'a pas de petites roues :
c'est un vélo de grand ! »

– N'aie pas peur, dit Papy, je vais t'aider. »
Petit Lapin Blanc met son casque
et grimpe sur la selle.
Doucement, Papy le tient.

Papy pousse Petit Lapin Blanc.

Le vélo roule un peu, puis il s'arrête.

« Tu as oublié de pédaler !

dit Papy en riant.

— C'est parce que j'ai peur de tomber »,

dit Petit Lapin Blanc.

« Je vais rouler dans les feuilles.
Comme ça, si je tombe,
je me ferai moins mal,
dit Petit Lapin Blanc.
— Bonne idée ! » répond Papy.

Et hop! C'est reparti.

Cette fois, Petit Lapin Blanc va trop vite.

Il ne sait pas comment s'arrêter.

Il perd l'équilibre, et patatras!

il tombe dans les feuilles.

« On recommence ? rit Petit Lapin Blanc.

— Regarde droit devant toi, dit Papy.

N'oublie pas de freiner

et tu ne tomberas pas.

— C'est parti ! » crie Petit Lapin Blanc.

« Tu as vu Papy comme je roule vite !
Et j'ai même réussi à m'arrêter ! »
Petit Lapin Blanc est très content.
Il sait faire du vélo comme un grand.

D'après l'œuvre de **Marie-France Floury & Fabienne Boisnard**,
publiée aux Éditions Hachette Livre / Gautier-Languereau.

© 2010 Planet Nemo / Scrawl / Carpediem
D'après la série animée *Petit Lapin Blanc*,
réalisée par Virgile Trouillot & Reignier Rampangajouw.
La première fois que j'ai fait du vélo sans roulettes,
écrit par Diane Morel.

© 2011, Hachette Livre/Gautier-Languereau.
Rédacteur : Cécile Beaucourt.
ISBN : 978-2-01-226335-2
Dépôt légal décembre 2011 — édition 04.
Loi n°49-956 du 16 juillet 1949
sur les publications destinées à la jeunesse.
Imprimé en Espagne.

Retrouve toutes les autres histoires de Petit Lapin Blanc

1. Petit Lapin Blanc à la maternelle
2. Petit Lapin Blanc est un coquin
3. Petit Lapin Blanc veut sa maman
4. Petit Lapin Blanc à la piscine
5. Petit Lapin Blanc fête son anniversaire
6. Petit Lapin Blanc est malade
7. Petit Lapin Blanc chez ses grands-parents
8. Petit Lapin Blanc a une petite sœur
9. Petit Lapin Blanc prend le train
10. Petit Lapin Blanc et la baby-sitter
11. Petit Lapin Blanc se fâche
12. Petit Lapin Blanc fait un spectacle
13. Petit Lapin Blanc et le pipi au lit
14. Petit Lapin Blanc dort chez César
15. Petit Lapin Blanc est jaloux
16. Petit Lapin Blanc se perd
17. Petit Lapin Blanc fait les courses
18. Petit Lapin Blanc passe une bonne semaine
19. Petit Lapin Blanc Quand tu seras grand
20. Petit Lapin Blanc à la montagne
21. Petit Lapin Blanc est amoureux
22. Petit Lapin Blanc sait tout faire
23. Petit Lapin Blanc va se coucher
24. Petit Lapin Blanc et son meilleur copain
25. Petit Lapin Blanc fête Noël
26. Petit Lapin Blanc et les œufs de Pâques
27. Petit Lapin Blanc lave son doudou
28. Petit Lapin Blanc en vacances
29. Petit Lapin Blanc se déguise
30. Petit Lapin Blanc et la galette des rois
31. Petit Lapin Blanc chez les pompiers
32. Petit Lapin Blanc à la fête foraine
33. Petit Lapin Blanc s'est cassé la jambe
34. Petit Lapin Blanc a peur de l'orage
35. Petit Lapin Blanc range sa chambre
36. Petit Lapin Blanc fait du vélo

Petit Lapin Blanc
Pour grandir tendrement !